Élisabeth
princesse à Versailles

© 2017 Albin Michel Jeunesse
22, rue Huyghens, 75014 Paris
www.albin-michel.fr

Annie Jay

Illustré par Ariane Delrieu

Élisabeth
princesse à Versailles

6. Un cheval pour Élisabeth

Albin Michel Jeunesse

Élisabeth

Petite sœur du roi Louis XVI.

Louis XVI

Frère aîné d'Élisabeth,
roi de France de 1774 à 1793.

Marie-Antoinette

Épouse de Louis XVI,
plus jeune fille de l'impératrice
d'Autriche Marie-Thérèse.

Charles-Philippe

Frère d'Élisabeth.
Marié à Marie-Thérèse de Savoie.

Louis-Stanislas

Frère d'Élisabeth.
Marié à Marie-Joséphine.

Madame de Marsan

Gouvernante
d'Élisabeth.

Madame de Mackau

Sous-gouvernante
d'Élisabeth.

Angélique de Mackau

Fille de Mme de Mackau,
et meilleure amie d'Élisabeth.

Clotilde

Sœur
d'Élisabeth.

Colin

Petit valet
d'Élisabeth.

Théo

Page,
ami d'Élisabeth.

Biscuit

Chien
d'Élisabeth.

M. de Laroche

Gardien
de la Ménagerie.

Samir

Ami
d'Élisabeth.

Dans les tomes précédents

Élisabeth, petite sœur de Sa Majesté le roi Louis XVI, vit mille péripéties à la Cour de Versailles aux côtés de sa meilleure amie, Angélique de Mackau. Ensemble, aidées du page Théo et du petit valet Colin, elles ont retrouvé un précieux tableau disparu il y a plus de trente ans, puis tiré la jeune Margot des griffes de l'orphelinat avant de l'aider à retrouver son frère. Mais, Élisabeth est rapidement rappelée à ses obligations de princesse…

Chapitre 1

Château de Versailles,
mai 1775.

Une grande carte était étalée sur la table. Elle représentait l'Europe, mais également une partie de l'Asie, et le nord de l'Afrique.

Mme de Mackau, du bout d'une longue règle, montrait différents pays.

– Où se trouve la Libye ? demanda la sous-gouvernante.

Aussitôt, le doigt d'Angélique se leva. La jolie blonde se trémoussait sur sa chaise tant elle était impatiente de donner la réponse.

Élisabeth soupira. Puis, après avoir bâillé, elle mit ses coudes sur la table et posa son menton dans ses mains. Elle s'ennuyait.

– Moi je sais ! cria également Colin, son valet, depuis la porte.

Voilà maintenant un an qu'il était employé au château de Versailles, depuis qu'Élisabeth l'avait sauvé des griffes de la police et lui avait offert un emploi. La princesse en personne lui avait appris à lire et à écrire, ce dont il était très fier.

Mme de Mackau sourit.

– Bien, Colin ! Viens et montre-nous. Normalement, le garçon n'avait pas le droit de quitter son poste.

Son travail consistait à ouvrir la porte aux visiteurs, et à les annoncer.

Il se hâta d'approcher.

– Là, dit-il en désignant l'Afrique du Nord.

– Parfait, le félicita-t-elle. Tu fais de gros progrès. À présent, retourne vite à ta place. Madame Élisabeth, poursuivit-elle, à vous de nous donner le nom de la capitale, je vous prie.

La princesse sursauta. Voilà un bon moment qu'elle rêvassait.

– La capitale de quoi ?

– Madame... Vous m'aviez promis de faire des efforts...

Élisabeth ne put cacher une grimace de dépit. Oui, elle avait promis, mais elle s'ennuyait tellement ! Elle haussa les épaules.

– Que m'importe ! répondit-elle avec insolence. Je ne visiterai jamais ce pays ! C'est bien trop loin, et il n'y a que des déserts !

Au lieu d'en être fâchée, Mme de Mackau se mit à rire. Puis elle ajouta d'un air mystérieux :

– Vous avez tort. Vous n'irez sans doute jamais en Libye, mais la Libye viendra bientôt à nous…

La princesse ouvrit de grands yeux effarés.

– Que voulez-vous dire ?

Mme de Mackau était satisfaite. Elle avait réussi à capter l'attention de son élève. Élisabeth n'aimait pas apprendre. Pour l'intéresser, il fallait toujours trouver des astuces. La femme roula comiquement des yeux, s'approcha et lui souffla :

– Un ambassadeur extraordinaire arrivera bientôt à la Cour… On raconte que son cortège sera d'un luxe sans pareil.

– Ah bon ?

– Oui. Il a débarqué à Toulon voilà un mois et chemine en direction de Versailles, ses chariots emplis de cadeaux… Il ne faudrait pas vexer ces étrangers qui viennent de si loin, en ne connaissant rien de leur pays.

– Vous avez raison, approuva aussitôt Élisabeth. La capitale de la Libye, c'est…

Elle observa la carte, sourcils froncés, chercha et annonça, toute contente :

– Tripoli !

Mme de Mackau acquiesça. Puis elle se tourna vers sa fille :

– Angélique, sauras-tu me dire à qui appartient la Libye ?

– À l'Empire ottoman !

Et elle montra sur la carte un énorme territoire qui englobait les deux tiers du bord de la mer Méditerranée.

– C'est immense ! s'exclama Élisabeth.

– Oui, l'empereur de ce territoire est très puissant. On l'appelle « sultan », la capitale de son empire est Istanbul, en Turquie. Quant à celui qui règne sur la Libye, on le nomme « pacha ». Il est le vassal du sultan, à qui il obéit.

Un bruit de pas se fit entendre dans l'antichambre. Mme de Mackau s'arrêta, tandis que Colin se dépêchait d'ouvrir la porte. Il n'eut pas besoin d'annoncer la visiteuse : Mme de Marsan, la gouvernante des Enfants de France, entra. Contrairement à son habitude, elle affichait un grand sourire. Elle semblait si heureuse !

Élisabeth et Angélique se levèrent pour lui faire une révérence. La femme s'approcha, tout excitée, et déclara d'une voix émue :

– Oh Madame ! Je suis si fière ! Toute cette éducation que je vous ai donnée, depuis votre naissance, a porté ses fruits !

Élisabeth écarquilla les yeux : Mme de Marsan était fière d'elle ? D'ordinaire elle ne cessait de lui reprocher sa paresse et son insolence. Elle la punissait plus souvent qu'elle ne la félicitait. Que se passait-il ?

Mme de Mackau, elle aussi, avait remarqué l'étrange attitude de sa supérieure.

– Qu'arrive-t-il ? s'inquiéta-t-elle.

– Une merveilleuse nouvelle ! Madame Élisabeth va se marier !

La princesse en eut le souffle coupé ! Un coup de poing ne l'aurait pas assommée davantage !

– Moi ? Me marier ? Mais, c'est horrible... Avec qui ?

Ses jambes se dérobaient sous elle. Elle s'agrippa à sa chaise et s'y laissa tomber.

Mme de Marsan ne sembla pas la voir. Elle poursuivit en virevoltant dans la pièce, tant elle était contente :

– Avec l'infant[1] du Portugal ! Madame, tout comme votre sœur Clotilde, un jour vous serez reine ! Reine du Portugal et du Brésil[2] ! Le Ciel me comble !

Et elle joignit ses mains, les yeux levés, comme pour remercier Dieu.

– Mais... en êtes-vous sûre ? s'inquiéta Élisabeth.

La gouvernante s'arrêta pour la regarder :

– Des démarches sont en cours. Sa Majesté, votre frère, a reçu une lettre du roi Joseph Ier. Il désire des renseignements sur vous. Il veut savoir si vous êtes jolie, en bonne santé et bien éduquée. En plus de sa demande, il a envoyé un portrait de son petit-fils, le futur Joseph II, qu'il vous destine.

Élisabeth était si pâle que Mme de Mackau vint poser une main sur son épaule, pour la rassurer.

---

1. Infant, infante : nom donné aux princes et aux princesses d'Espagne et du Portugal.

2. À cette époque, le Brésil appartenait au Portugal.

– Ne vous inquiétez pas, Madame, lui glissa-t-elle. Il ne s'agit que d'un projet.

– Mais, s'affola Élisabeth, je n'ai que 11 ans, je n'ai pas l'âge de me marier ! Je n'ai pas envie de quitter Versailles ni d'abandonner ma famille ! Et puis, le Portugal, c'est si loin !

Quelques larmes roulèrent sur ses joues. Mme de Marsan, si satisfaite quelques instants auparavant, en devint rouge de colère :

– Cessez votre comédie, vous me faites honte ! Un jour, vous serez reine et vous pleurnichez ? Pourquoi croyez-vous que l'on élève les princesses, si ce n'est pour conclure des alliances avec d'autres pays ? Votre rôle est de servir la France en vous mariant au mieux de ses intérêts.

– Il faut donc que je me sacrifie ?

La gouvernante eut un hoquet d'indignation.

– Bien sûr ! Cependant, vous pourriez tomber plus mal. Votre futur fiancé a 13 ans et demi. Il paraît qu'il est plutôt bien de sa personne. Et il est loin d'être sot.

– Mais... mais... je ne connais pas le portugais...

– Vous l'apprendrez ! Si Sa Majesté accepte, vous épouserez l'infant Joseph d'ici deux ans.

Voyant qu'Élisabeth sanglotait, elle s'emporta :

– Je pensais que vous aviez plus de plomb dans la cervelle... Mme de Mackau ! lança-t-elle à la sous-gouvernante. Tâchez d'expliquer à votre élève où est son devoir !

Et elle partit en tenant ses jupes à deux mains, le menton levé.

Un grand silence navré s'installa dans la pièce. Mme de Mackau caressa les cheveux châtains d'Élisabeth, et essaya de la réconforter.

– Ne pleurez pas, Madame. Rien n'est fait...

Son amie Angélique vint lui prendre la main.

– Je partirai au Portugal avec toi, je te le jure ! Je suis sûre que c'est un très beau pays.

– Et moi aussi ! cria Colin depuis la porte. J'irai avec vous ! Je ne vous laisserai pas tomber !

Mais, Élisabeth pleurait toujours...

– En plus, Babet, là-bas il y a la mer, reprit Angélique pour tenter de la consoler. C'est beau, la mer…

– Qu'en sais-tu ? Tu ne l'as jamais vue…

– C'est vrai. Mais, peut-être que ce sera drôle ? Et puis, tu as de la chance, ton fiancé est jeune…

Élisabeth renifla avant de gronder :

– Je lui rendrai la vie impossible ! Je serai insolente, désagréable, méchante, insupportable…

– Madame, soupira la sous-gouvernante.

Elle prit Élisabeth contre elle et la berça.

– Ce pauvre infant du Portugal n'y est pour rien. Lui non plus n'a pas le choix. Allons, si ce mariage se fait, il ne sera conclu que dans deux ou trois ans. Bien des choses peuvent arriver d'ici là.

– Vous avez raison, hoqueta Élisabeth.

Elle sécha ses larmes avec son mouchoir et demanda d'une petite voix :

– C'est dur d'apprendre le portugais ?
– Je ne sais pas... Mais, revenons à la Libye.

Chapitre 2

Il fallut beaucoup de patience à Mme de Mackau pour faire oublier à son élève cette détestable nouvelle. Les jours suivants, pour détourner son attention et chasser sa mauvaise humeur, elle ne parla plus que de l'arrivée de l'ambassade extraordinaire.

– L'ambassadeur libyen se nomme Sidi Abderrahman Bediri Aga.

– Quel drôle de nom !

– Il sera accompagné d'Ahmed Bey, le gendre du pacha.

– Mais... pourquoi viennent-ils ?

– Parce que votre grand-père, le roi Louis XV, est mort l'an dernier. Les Libyens veulent s'assurer que les traités de paix qu'ils ont signés avec la France seront respectés par votre frère, Louis XVI.

– De quoi ont-ils peur ?

Mme de Mackau sembla gênée. Elle chercha ses mots, et expliqua :

– La Libye vit surtout du commerce maritime. Mais, certaines de ses activités sont peu recommandables... Elle arme des pirates qui écument la Méditerranée. Les prisonniers qu'ils capturent sont vendus comme esclaves.

– Ce sont des pirates ? s'indigna Colin depuis la porte. Alors, il faut les combattre !

– La France a signé des accords. Tant que les Libyens n'attaquent pas les bateaux français, nous les laissons en paix.

***

Chaque jour des courriers annonçaient la progression de l'ambassade. Les deux filles notaient alors le trajet parcouru sur la carte.

La mystérieuse caravane avait dépassé Lyon, puis Dijon, Fontainebleau... Elle approchait de Versailles.

Les après-midi, les deux filles faisaient du dessin ou de la musique. Lorsque le temps le permettait, elles partaient à pied dans les jardins. Colin les escortait, tandis que Biscuit, le chien d'Élisabeth, trottait derrière eux.

Biscuit avait bien grandi ! À présent, il suivait sa maîtresse comme son ombre !

Parfois, Élisabeth et Angélique se promenaient à cheval, en compagnie de Théophile de Villebois, leur ami page. Élisabeth montait alors sa chère Framboise, sa jument si gentille.

– Ils sont à Versailles ! annonça Colin un beau jour. J'en ai vu un !

– Un quoi ? s'écria Élisabeth.

– Un pirate ! Un homme étrange avec un gros bandage sur le crâne. Il a dû être blessé dans un combat. Il porte une longue veste toute dorée et une drôle d'épée recourbée, pleine de pierres précieuses.

Mme de Mackau se mit à rire.

– Ce bandage sur sa tête est une coiffure traditionnelle de son pays. On appelle cela un turban. Quant à son épée, il s'agit d'un cimeterre.

– Un cimetière ? Dites donc, ces armes doivent être dangereuses !

– Dieu, que tu es sot ! Un ci-me-terre ! Et ce ne sont pas des pirates, mais des ambassadeurs.

– Ils ont demandé audience au roi ! poursuivit le valet. On ne parle que de ça dans les couloirs ! Ils seront reçus à midi !

Élisabeth et Angélique se regardèrent, les yeux brillants.

– Pourrait-on les voir passer? supplia la princesse.

Midi allait sonner dans quelques minutes, la table était déjà dressée pour le repas. Clotilde, la sœur d'Élisabeth, arrivait dans l'antichambre... La sous-gouvernante hésita, puis accepta :

– Eh bien, allons admirer ces étrangers si étranges! Mme de Marsan ne nous en voudra sûrement pas de la faire attendre.

La femme et les trois jeunes filles, suivies de Colin, se dirigèrent vers la magnifique Grande Galerie[3]. Là, elles se postèrent devant une fenêtre, au milieu des courtisans. Quelques instants plus tard, une dizaine d'individus entrait. Deux hommes à l'air fier marchaient en tête. Leur peau était sombre, leurs yeux foncés, et leurs visages portaient des barbes.

– Comme ils sont bizarres, souffla Élisabeth à voix basse à Angélique.

3. Aujourd'hui, on l'appelle la galerie des Glaces.

Leurs longs manteaux de soie étaient brodés d'or, et ils avaient la tête couverte d'un turban surmonté d'une plume, elle-même fixée par une pierre précieuse.

De nombreux bijoux ornaient leurs vêtements qui étincelaient de toutes parts ! Derrière eux se tenait un homme habillé d'une longue tunique marron et coiffé d'un bonnet carré, sans doute leur interprète.

Des gardes les suivaient, vêtus de gilets sans manches rouges, de grands sabres recourbés passés dans leur ceinture.

Tout à coup, Angélique donna un coup de coude à Élisabeth. À la fin du cortège se trouvait un garçon de 11 ou 12 ans. Digne, il tenait à deux mains un coussin de velours sur lequel était posé un écrin.

– C'est sûrement un cadeau pour le roi ! murmura-t-elle à son amie. As-tu vu ses chaussures ? Le bout est retourné vers le haut et il ne porte pas de bas[4]... Cela ne l'empêche pas d'être plutôt mignon !

Et elle pouffa dans ses mains.

– Angélique, la disputa gentiment sa mère. Tu devrais avoir honte !

Le jeune Libyen tourna la tête vers elles pour les regarder. Il leur sourit un instant, avant de retrouver sa mine sérieuse, le visage fièrement levé.

– Voilà, déclara Mme de Mackau, ils sont passés. Rentrons vite, le repas nous attend.

Alors qu'ils regagnaient les appartements d'Élisabeth, cette dernière demanda :

– Est-ce vrai que ces Libyens ne sont pas chrétiens ?

– C'est vrai, confirma la sous-gouvernante, ils sont musulmans.

Élisabeth en resta bouche bée ! C'était la première fois qu'elle voyait des hommes qui ne croyaient pas en Jésus-Christ. Elle se pen-

---

4. De chaussettes.

cha vers Clotilde et Angélique pour leur souffler :

– Mais alors... plus tard ils n'iront pas au paradis ?

Clotilde, très pieuse, renchérit aussitôt :

– Il nous faudra prier pour leurs âmes.

Mme de Mackau sourit. Tout en poussant les filles, elle leur expliqua d'un ton rassurant :

– Dans leur religion aussi, ils ont un paradis. Seulement, ce n'est pas le même que le nôtre. Mais, ils iront sûrement ! Enfin, s'ils se montrent bons et s'ils le méritent.

Après le repas, Clotilde profita d'un moment où les deux gouvernantes s'étaient éloignées, pour discuter avec sa petite sœur et son amie.

– Je retourne à mes cours d'italien, dit-elle avec un sourire d'excuse. J'aurais tant aimé me promener avec vous !

La date de son mariage approchait. Dans trois mois, elle serait princesse de Piémont-

Sardaigne. Elle parlait déjà parfaitement la langue de son futur pays. Cependant, elle désirait ne pas avoir la moindre trace d'accent français et multipliait pour cela les leçons avec le *signor* Goldoni, leur professeur.

– Mon fiancé, Charles-Emmanuel, me trouve trop grosse et guère attirante, ajouta-t-elle en baissant le nez. J'aimerais faire bonne impression en m'exprimant parfaitement en italien.

– Vous n'êtes pas laide ! la rabroua Élisabeth. Et vous n'avez pas à avoir honte de votre physique ! Votre futur époux n'est qu'un bonhomme stupide et sans cœur ! Quand je pense qu'il a eu le culot de vous faire examiner toute nue, pour savoir si vous n'étiez pas malade !

Puis Élisabeth lança un coup d'œil aux deux femmes. Elles étaient loin et ne les entendaient pas.

– On parle de mariage pour moi aussi...

Clotilde, qui était si douce, en eut les larmes aux yeux.

– Ma pauvre Babet ! Avec qui ?

– Le petit-fils du roi du Portugal. Mais, je ferai tout pour y échapper !

Hélas, elle avait parlé trop fort !

– Assez ! tonna Mme de Marsan.

Personne ne l'avait entendue venir… Élisabeth sursauta. La femme était rouge de colère ! Elle pointa du doigt la princesse et s'indigna :

– Vous n'avez pas votre mot à dire ! Le roi prendra seul cette décision, et je vous interdis de lui en parler ! Je ne tolérerai aucune révolte de votre part !

– Je ne veux pas me marier !

– Insolente ! Vous serez punie ! Madame de Mackau ! cria-t-elle. Que Madame Élisabeth m'écrive 100 lignes : « Une Fille de France doit être soumise. »

Puis elle poussa Clotilde vers ses appartements :

– Fort heureusement, lui lança-t-elle, vous vous montrez moins sotte que cette insolente ! Vous, au moins, vous êtes sage et travailleuse. Venez, Madame, votre professeur vous attend... et nous devons vous préparer pour le repas de ce soir.

Elle soupira et reprit calmement pour Clotilde, comme si de rien n'était :

– Dorénavant, vous ne souperez plus avec votre jeune sœur, mais avec vos frères aînés et leurs épouses. Il est temps que vous preniez l'habitude de discuter avec des adultes. Dans trois mois, lorsque vous serez mariée, vous serez sans cesse observée par vos sujets. Il vous faudra de l'assurance pour vous faire respecter.

Clotilde lui jeta un regard apeuré, puis elle répondit d'une petite voix :

– Bien, madame.

Chapitre 3

– Punie, toujours punie ! ronchonna Élisabeth, les bras croisés. Pourtant, je demande
juste à parler à Louis-Auguste !

Mme de Mackau passa un bras affectueux
autour de ses épaules :

– Votre frère, le roi, est très jeune, mais aussi
juste et bon. Il ne prendra pas sa décision à la
légère.

Voyant l'air triste de son élève, elle proposa :

– Il fait un soleil magnifique. Allons jusqu'à
la Ménagerie pour peindre.

– Et ma punition ?

– Vous la ferez en rentrant. Colin, mon garçon, prends la laisse de Biscuit, ainsi que notre matériel de dessin.

Après quelque vingt minutes de marche, ils arrivèrent au petit château dont les jardins abritaient les enclos des animaux exotiques.

Quel remue-ménage ! Les employés s'y agitaient et semblaient débordés !

– Que se passe-t-il ? s'inquiéta Élisabeth.

– Madame !

La princesse se retourna et découvrit Théophile de Villebois qui arrivait. Le page ôta galamment son chapeau pour les saluer.

– Vous n'avez pas école ? demanda-t-elle.

– On nous a autorisés à venir voir les Libyens. Ils sont logés dans les bâtiments derrière la volière. Ils ont ramené de leur pays plein d'animaux qu'ils comptent offrir au roi... Regardez !

Sur l'esplanade, dans de lourds chariots, ils apercevaient des cages.

– Des lions ? s'étonna-t-elle en entendant des rugissements.

– Oui, fit Théo. Et aussi des panthères, des chevaux, des dromadaires, et des espèces de chèvres à grandes cornes qu'ils nomment « moutons de Barbarie » !

Le capitaine de Laroche, le gouverneur de la Ménagerie, courait en tout sens ! Dans son sillage se trouvaient trois Libyens : l'ambassadeur en personne, puis un homme à longues moustaches qui le suivait, et enfin l'interprète qui fermait la marche.

L'ambassadeur se pinçait le nez d'un air dégoûté, tandis que l'interprète traduisait au capitaine en détournant le visage, de peur de respirer la puanteur qu'il dégageait[5] :

– Son Excellence Sidi Abderrahman Bediri Aga refuse de coucher dans un endroit aussi modeste ! Il accompagne Ahmed Bey, le gendre de notre pacha, qu'Allah le bénisse, qui ne saurait habiter ailleurs que dans un palais !

Le capitaine protesta aussitôt :

– Nous ne pouvons installer 30 personnes au château ! Son Excellence et le gendre du pacha y logeront avec quelques domestiques,

---

5. Voir le tome 4, *Bal à la Cour*. M. de Laroche était connu pour sentir horriblement mauvais.

naturellement. Mais, il faudra bien que le reste de sa suite se contente de la Ménagerie ! Comprenez-le et n'en parlons plus !

Il allait s'éloigner lorsque l'interprète, d'un air écœuré, le retint par le bras :

– Le seigneur Rafik, chef des soigneurs de Son Excellence, veut savoir ce que les animaux mangeront...

– Ce qu'il y a de meilleur, répliqua M. de Laroche. De l'herbe grasse et de la viande de premier choix ! Eh bien, n'en parlons plus !

Les jeunes gens se mirent à rire ! Le capitaine avait la curieuse habitude de toujours répéter « N'en parlons plus ! ».

– Croyez-vous, demanda Angélique, qu'il s'amusera à les arroser ?

Ils rirent de plus belle ! De petits tuyaux d'eau étaient cachés un peu partout sur l'esplanade. On les ouvrait grâce à des robinets discrets. Mouiller les nouveaux arrivants était une tradition qui plaisait beaucoup à M. de Laroche.

– Ça m'étonnerait ! L'ambassadeur n'a pas une tête à apprécier ce genre de plaisanteries !

Curieux, ils s'avancèrent. Les gardes déchargeaient de lourdes malles, qu'ils emportaient vers les logements.

– Bonjour…

Élisabeth sursauta ! Le garçon de ce midi les contemplait.

Aussitôt, Théo et Colin se placèrent devant elle : Madame Élisabeth était une Fille de France. Il fallait la protéger.

– Tu connais notre langue ? s'étonna-t-elle en les contournant.

Angélique se sentit devenir toute rouge ! Dire qu'elle avait déclaré à voix haute qu'elle avait trouvé le Libyen mignon ! Et s'il l'avait entendue ? À présent, elle en était morte de honte !

– Un peu, répondit-il. L'interprète me l'apprend. Et toi, tu parles arabe ?

Théo, indigné de l'entendre tutoyer la princesse, s'interposa de nouveau :

– Arrière ! On ne s'adresse pas ainsi à Madame Élisabeth, la sœur de notre roi !

Mais, le jeune Libyen posa une main sur son cœur en guise de bonne foi :

– Excuse-moi, je ne connais pas encore bien le français. Chez moi, on dit « tu », pas « vous ».

– Laissez, Théo, l'interrompit-elle, il ne pense pas à mal.

Puis elle poursuivit pour l'étranger :

– Non, je ne parle pas arabe. Quel est ton nom ?

– Samir. Mon père est Rafik, le chef des soigneurs. Il est responsable des bêtes de notre pacha, Ali Karamanli, qu'Allah le bénisse !

Mme de Mackau s'était avancée.

– Ton père est donc l'équivalent de M. de Laroche ! déclara-t-elle.

– Laroche ? répéta Samir. C'est cet affreux homme qui sent si mauvais ? Pouah ! Comment tu peux supporter pareille horreur ? Chez moi, le pacha l'aurait obligé à se laver ! Ou bien il lui aurait coupé la tête pour avoir offensé son nez !

Ils se tordirent de rire ! Le directeur était couvert de crasse, et sentait épouvantablement mauvais. Les dames tombaient dans les pommes dès qu'il s'approchait. Tout le monde s'en plaignait, mais personne n'avait jamais réussi à lui faire prendre un bain !

– Ton pacha va offrir des animaux à mon frère le roi ? reprit Élisabeth.

– Oui. Tu veux les voir ?

Et, sans attendre, il leur fit signe de le suivre. Les lions paraissaient très agités dans leurs cages. On ne les avait pas encore installés avec les autres fauves, de peur qu'ils ne se battent[6].

Les dromadaires paissaient tranquillement dans l'enclos de l'éléphant. Quant aux moutons de Barbarie, ils partageaient celui des autruches.

– Madame Élisabeth, reprit Samir, viens voir les plus merveilleux…

Ils dépassèrent la volière et arrivèrent à un grand pré clos d'une barrière. Six magnifiques chevaux broutaient.

Samir siffla entre ses doigts. Aussitôt, leurs oreilles se dressèrent et ils arrivèrent au petit trot.

– Un étalon et cinq juments, dit-il avec fierté. Il n'y en a pas de plus beaux dans mon pays ! Mon

---

6. Les lions ont pour habitude de défendre leur territoire contre les nouveaux venus, qu'ils perçoivent comme des agresseurs.

maître, Ali Pacha Karamanli, qu'Allah le protège, fait à ton frère un cadeau vraiment royal !

Il caressa une jolie jument noire au poil brillant, dont le front s'ornait d'une étoile blanche. Elle se laissa faire avec confiance. Lorsque Élisabeth voulut tendre la main, la bête recula craintivement d'un pas.

– Elle ne te connaît pas, fit Samir. Elle a quatre ans. J'ai aidé mon père à la dresser...

Sa voix s'étrangla tout à coup et ses yeux s'embuèrent de larmes. Élisabeth comprit aussitôt :

– Tu as de la peine de la quitter ?

Samir se détourna pour cacher son chagrin avant d'avouer :

– Je l'aime plus que tout. Elle s'appelle Éclipse. Elle est fougueuse, rapide comme le vent...

– Nous en prendrons soin. Elle sera bien traitée, je te le promets. N'est-ce pas, Mme de Mackau ?

La sous-gouvernante acquiesça :

– Bien sûr ! On enverra ces chevaux dans un haras...

– Haras ? répéta Samir avec inquiétude.

– Une sorte de ferme. Ces juments y donneront naissance à des poulains. Théo, vous qui vous y connaissez, expliquez-lui...

Le jeune page se tourna vers le Libyen.

– Les chevaux arabes sont parmi les plus beaux du monde. Si on les fait se reproduire avec des chevaux français ou anglais, on obtient de grandes et magnifiques bêtes.

– Oh, non ! s'affola Samir. Éclipse aime la compagnie des hommes. Elle adore galoper... et qu'on brosse son dos, qu'on peigne ses... euh... sa...

– Crinière ? termina Théo.

– Oui. Elle sera malheureuse dans une ferme où on se servira d'elle pour avoir des petits.

Samir semblait si peiné qu'Élisabeth lui promit :

– Nous irons la voir !

Puis elle se pencha vers Angélique, Théo et Colin :

– N'est-ce pas ?

Tous trois acquiescèrent aussitôt.

– Comment s'occupe-t-on d'elle ? poursuivit-elle.

Le jeune Libyen esquissa un sourire :

– Il faut que tu deviennes son amie… Viens, je vais te présenter.

Et il passa sous la barrière.

– Viens ! insista-t-il.

Élisabeth se tourna vers Mme de Mackau qui hésita un instant avant d'accepter :

– Allez-y, Madame, il ne peut rien vous arriver. Ce cheval n'est pas sauvage, il est juste craintif.

Tout heureuse, la princesse se dépêcha de rejoindre Samir. Seulement, elle n'avait pas fait trois pas dans le pré, qu'Éclipse s'écartait en hennissant. Samir la calma en lui parlant dans sa langue et, confiant, l'animal frotta son museau contre son épaule.

– Comment dit-on «bonjour» en arabe? demanda Élisabeth.

– *Salam aleykoum !* Et on te répond *aleykoum salam !*

Les mots étaient simples à retenir. Élisabeth s'approcha lentement, tendit sa main à la jument qui, curieuse, la renifla.

– *Salam aleykoum,* ma jolie... Moi, je m'appelle Élisabeth. Regarde... Je ne te veux pas de mal... Veux-tu être mon amie ?

Elle caressa du bout des doigts les naseaux si doux d'Éclipse qui eut tout à coup un regard effrayé. La jument recula, fit demi-tour et s'éloigna. Elle trottait sur la pointe de ses sabots, on aurait dit qu'elle dansait !

Samir s'excusa :

– Il faudra un peu de temps pour qu'elle t'accepte. L'amitié, c'est comme ça. On apprend à se connaître et puis après, on ne peut plus se quitter.

Une fois encore, ses yeux se remplirent de larmes. Mais, depuis le bâtiment tout proche, son père, l'homme aux longues moustaches, l'appelait. Samir franchit la barrière, les salua et partit, tête basse.

– Pauvre garçon, soupira Mme de Mackau. Allons, rentrons au château. Madame, vous avez une punition à faire.

Chapitre 4

À peine arrivée, Élisabeth s'assit à sa table de travail. Elle se sentait si seule et si triste, tout à coup ! Angélique et sa mère s'étaient installées dans le petit salon, où elles brodaient en discutant.

Elle trempa sa plume d'oie dans l'encrier et commença : « *Une Fille de France doit être soumise.* »

Elle attaqua une deuxième ligne... Mais, peu à peu, la colère montait en elle. « Pourquoi devait-elle être soumise ? songea-t-elle, alors que son avenir et son bonheur étaient en jeu ? »

– Je déteste Mme de Marsan !

D'une écriture rageuse, elle nota : « *Une Fille de France NE doit PAS être soumise, sinon elle sera très MALHEUREUSE.* »

Et elle jeta la plume ! Le geste était si brusque que des éclaboussures d'encre tachèrent sa robe. Par malchance, en essayant de les nettoyer, elle les étala et s'en mit plein les doigts.

– Aïe aïe aïe, geignit-elle, je vais être punie jusqu'à Noël…

Puis elle réfléchit. Il fallait qu'elle parle au roi, afin de le convaincre de renoncer à ce mariage.

– Qu'a dit Mme de Marsan à Clotilde ce midi ? Que dorénavant elle mangerait tous les soirs avec nos frères et leurs épouses… Voilà la solution ! Clotilde lui transmettra une lettre !

Elle attrapa une nouvelle feuille et trempa la plume dans l'encrier.

– Mon cher Louis-Auguste... Non, ce n'est pas assez digne.

Monsieur mon frère le roi, écrivit-elle, *Je suis très soucieuse, car je viens d'apprendre que l'on voulait me marier à l'infant du Portugal.*

– Oui mais, comment lui expliquer que je ne suis pas d'accord sans le vexer... Ah ! Je crois que j'ai trouvé.

Pourriez-vous attendre quelques années avant de me fiancer ? J'ai encore beaucoup de choses à connaître pour devenir une bonne reine qui fera honneur à notre pays.

Votre dévouée Babet.

Elle sécha le mot avec son buvard et le plia en quatre. À présent, il fallait le donner à Clotilde...

Elle regarda ses vêtements tachés d'encre, et ses mains sales. Mme de Mackau ne serait pas contente ! Alors elle reprit une nouvelle feuille et attaqua sa stupide punition.

Une heure plus tard, elle annonça à la sous-gouvernante :

– J'ai fini mes 100 lignes. Puis-je les porter à Mme de Marsan ? Elle doit se trouver chez Clotilde.

Elle se pencha sur sa robe et s'excusa :

– J'ai eu un petit... hum... accident avec ma plume. Peut-être devrais-je me rendre présentable avant ?

Par chance, Mme de Mackau approuva sans lui faire de remarque.

***

Une fois changée, Élisabeth, la tête basse et les mains propres, tendit sa punition à la gouvernante. Mme de Marsan, pensant avoir maté son élève, claironna :

– Je suis fort aise de vous voir si douce. C'est ainsi que doit se comporter une Fille de France.

Élisabeth avait bien envie de lui répondre, mais elle se retint. Au contraire, elle se dépêcha de faire une révérence polie.

Dès que Mme de Marsan eut le dos tourné, la princesse courut vers sa sœur pour lui glisser discrètement le mot :

– Clotilde ! Par pitié ! Remettez cette lettre à notre frère Louis-Auguste. Faites attention à ce que Mme de Marsan ne vous remarque pas…

Et elle fila à ses appartements.

Chapitre 5

Le lendemain matin, à 9 heures, Mme de Mackau et Angélique arrivèrent. À peine son manteau ôté, la sous-gouvernante annonça le programme de la journée :

– Nous aurons une heure de français avec l'abbé de Montégut. Après quoi nous irons chez Madame Clotilde pour votre leçon d'italien, qui sera suivie d'une leçon de calcul. Cet après-midi, si le temps le permet, nous pourrions ramasser quelques plantes dans les bois. Nous les mettrons à sécher dans notre herbier...

Élisabeth avait très mal dormi. Son frère avait-il eu sa lettre ? Et qu'en avait-il pensé ? Elle se sentait si fatiguée ! Si l'italien et le calcul ne l'inquiétaient guère, elle n'avait aucune envie de subir l'abbé de Montégut, un homme dur et exigeant, qui ne l'aimait pas beaucoup. Tant pis ! Elle tâcherait d'écouter et de ne pas dire de bêtises.

– Entendu, soupira-t-elle. Mais, plutôt que d'herboriser, pourrions-nous retourner à la Ménagerie ?

– Pour dessiner ?

– Oui, et aussi pour revoir Samir' et sa jument Éclipse.

– Pourquoi pas ! À présent, prenez place. Nous allons faire un peu de lecture...

La porte s'ouvrit à la volée. Colin, qui se trouvait juste derrière, la prit en pleine figure ! Il semblait sonné et vacilla jusqu'à une chaise où il se laissa tomber.

Mme de Marsan entra, folle de rage. Sans même dire bonjour, elle se dirigea à grands pas vers Élisabeth qui prit peur. La princesse rentra la tête dans les épaules. Elle avait compris…

– Vous avez profité de ce que j'avais le dos tourné, gronda la gouvernante, pour obliger votre pauvre sœur à me tromper !

– Non, ce n'est…

– Assez ! Je sais tout !

Et elle posa la lettre sur la table, d'un geste si brusque, que tout le monde sursauta.

– Je vous avais interdit de parler de ce mariage au roi ! Vous m'avez désobéi ! Fort heureusement, votre sœur ment très mal. Avant même de la conduire au souper chez votre frère, hier soir, j'ai compris qu'elle me cachait quelque chose... Il ne m'a fallu que quelques minutes pour la faire avouer.

– Mais, tenta d'expliquer Élisabeth, je...

– Taisez-vous ! Vous voulez donc me brouiller avec Sa Majesté ? Déjà qu'il ne m'aime guère ! Il est vrai que je n'ai pas été indulgente avec lui lorsqu'il était enfant. De tous vos frères que j'ai élevés, c'était lui le moins brillant.

Élisabeth se leva tel un ressort. Elle adorait Louis-Auguste et ne supportait pas qu'on en dise du mal.

– N'avez-vous pas honte ? s'écria-t-elle. Vous parlez de votre roi !

Mme de Marsan eut l'air extrêmement gêné, mais elle ne s'excusa pas. Elle reprit la lettre, qu'elle froissa entre ses mains, et lança :

– Vous m'écrirez 300 lignes ! « Je ne ferai pas de manigances dans le dos de ma gouvernante. » Je les veux pour ce soir ! Et, tâchez de respecter mes ordres, pas un mot à votre frère !

Puis, sans plus attendre, elle sortit.

Le calme qui suivit fut des plus pesants... Le pauvre Colin avait la tête qui tournait. La marque de la porte était encore visible sur son visage.

– Qu'as-tu fait pour la mettre dans un tel état ? s'étonna Angélique.

Alors Élisabeth raconta comment elle avait confié un courrier à Clotilde.

– Elle s'est fait prendre ! Me voici revenue à mon point de départ. Comment dire à Louis-Auguste que je refuse de me marier ?

Au lieu de la disputer, Mme de Mackau soupira :

– Laissez faire les choses, Madame, et cessez de vous inquiéter. Reprenons notre lecture...

Chapitre 6

Quelle matinée morose ! Quant au repas, il fut horrible. Clotilde, toute rouge, regardait son assiette, n'osant croiser le regard de sa petite sœur.

Elle aurait sans doute aimé lui parler, pour s'expliquer, mais Mme de Marsan se trouvait là, à les épier.

L'après-midi, Élisabeth put enfin souffler. En cette fin de mois de mai, les jardins du château de Versailles ressemblaient à un petit paradis, avec leurs belles allées fleuries et leurs superbes fontaines.

Une fois arrivé à la Ménagerie, leur petit groupe se rendit jusqu'au logis des Libyens.

Samir vint à leur rencontre. Aujourd'hui, il était vêtu d'une sorte de pantalon bouffant et d'une chemise blanche. Il ne portait pas son turban, mais un petit chapeau rond de feutre rouge, qu'il avait posé sur ses cheveux bruns bouclés :

– *Salam aleykoum !* leur dit-il avec une révérence.

– *Aleykoum salam !* répondirent-ils.

– Je suis venue voir Éclipse, poursuivit Élisabeth. Te souviens-tu ? J'aimerais être son amie.

Ils allèrent jusqu'au pré où Samir siffla entre ses doigts. Aussitôt, les chevaux accoururent. La belle jument noire vint se frotter contre le garçon. Après l'avoir flattée de la main, il s'agrippa à sa crinière et sauta d'un bond souple sur son dos.

Dès qu'il claqua des talons contre ses flancs, elle se mit à trotter. Samir était un excellent cavalier !

– Quelle belle bête ! s'extasia Mme de Mackau.

– Jamais je n'en ai vu de plus belle, renchérit Élisabeth. Samir a raison, Éclipse est un présent digne d'un roi !

Après l'avoir fait un peu courir, le jeune Libyen ramena sa monture près de la barrière. Il sauta au sol et alla chercher un seau empli de carottes et de morceaux de pain.

– Éclipse est très gourmande, dit-il. Venez lui donner à manger.

Il distribua aux filles et à Colin de quoi gâter les animaux. Les six chevaux se pressaient autour d'eux, tendant leur tête, saisissant de leurs grosses dents les friandises qu'on leur offrait. Élisabeth s'approcha d'Éclipse qui, moins craintive que la veille, se laissa caresser.

Ils ne virent pas le temps passer ! Ils furent bien déçus lorsque Mme de Mackau annonça :

– Il nous faut partir. N'oubliez pas, Madame, que vous avez encore du travail à faire...

Élisabeth souffla de déception. Maudite punition ! C'est en bougonnant qu'elle rentra au château, contrariée de devoir écrire ces horribles 300 lignes.

***

Elle avait mal aux doigts, et des crampes rendaient son poignet douloureux. Même son dos la faisait souffrir, à force d'être restée penchée, durant deux longues heures, sur les dix feuilles qu'elle avait remplies.

Elle s'étira et alla s'installer avec Angélique sur sa jolie terrasse fermée par une barrière en fer forgé. Quelques instants plus tard, Théo, tout juste sorti de l'école des pages, les rejoignit. Assise au milieu des orangers, Élisabeth geignit :

– Il faut que je parle à mon frère !

– Mme de Marsan te l'a interdit par deux fois. Tu vas encore te faire punir !

Théo approuva et proposa :

– Parlez plutôt à Sa Majesté la reine. Elle vous aime bien...

– Inutile ! pesta Élisabeth. Les mariages sont arrangés pour des raisons politiques, et Marie-Antoinette déteste la politique. Elle dit qu'elle n'y comprend rien, et que c'est le travail de mon frère !

Puis, l'air farouche, elle conclut :

– Flûte ! Je préfère être punie que mariée ! Comment pourrais-je voir Louis-Auguste ? Mme de Marsan a dû donner des ordres aux domestiques afin qu'il ne me reçoive pas !

Elle réfléchit et énuméra :

– Le matin à la messe ? Non, il sera entouré de notre famille et des courtisans...

Ensuite, il travaille dans son bureau avec ses ministres. L'après-midi, il ira peut-être à la chasse... mais, je n'aurai pas le droit de le suivre...

Elle soupira à fendre l'âme :

– Pff... Je n'y arriverai jamais !

Colin, qui s'était approché de la fenêtre, lui lança :

– Et le soir ?

– Il retrouve nos frères, ou bien il travaille seul dans sa bibliothèque... qui est gardée.

Raté. Demain, il y aura un bal masqué, mais je n'y suis pas invitée. Encore raté...

– Voici une bonne occasion ! l'interrompit Colin. Parlez-lui au bal !

– Impossible, te dis-je ! Je n'ai pas l'âge de m'y rendre...

– Puisque tout le monde sera costumé, personne ne vous reconnaîtra !

Élisabeth allait protester, lorsqu'elle comprit ce qu'il venait de dire. Elle sourit.

– Tu as raison ! Mais... où trouver un costume, et comment filer à l'extérieur sans me faire prendre ?

Angélique, furieuse, réprimanda aussitôt le valet :

– Tu es fou, Colin, de mettre de telles idées dans la tête de Madame ! C'est interdit de sortir sans permission...

– En plus d'être dangereux ! renchérit Théo. Une princesse seule, dehors, la nuit...

Mais l'idée, justement, commençait déjà à faire son petit chemin dans la cervelle d'Élisabeth.

– Je pourrais sauter la barrière de la terrasse, je l'ai déjà fait.

– As-tu perdu la raison ? s'écria Angélique. Le bal a lieu le soir, les servantes s'apercevront que tu n'es pas dans ton lit !

– Flûte !

Mais, un grand sourire éclaira ensuite son visage :

– Pas si quelqu'un prend ma place...

Angélique sembla manquer d'air !

– Ah non, s'écria-t-elle, ne pense pas à moi ! Ma mère se ferait renvoyer ! Et puis, je rentre avec elle tous les soirs à notre logis, au Grand Commun...

Élisabeth se tourna alors vers Colin.

– Et toi ? demanda-t-elle. Une fois, tu es venu me réveiller dans ma chambre, en pleine nuit, pour me parler sans que personne ne s'en rende compte[7].

Colin, bien embêté, se mordit les lèvres ! Lui aussi risquait d'être renvoyé. Mais, il aimait tant sa maîtresse... Ne l'avait-elle pas tiré de la misère ?

– D'accord, accepta-t-il. Je prends votre place dans votre lit, le temps que vous alliez discuter avec votre frère. Mais, il faudra revenir vite...

– Assez ! cria Angélique. Arrête ! Mme de Marsan te fera fouetter !

Cette expédition l'angoissait. C'était pure folie !

– Et pour votre costume ? insista pourtant Colin.

– Je sais où le trouver... répliqua Élisabeth en sautant de joie.

---

7. Voir le tome 4, *Bal à la Cour*.

Chapitre 7

Le lendemain après-midi, ils retournèrent à la Ménagerie. Tandis qu'Angélique et sa mère peignaient, Élisabeth tentait d'amadouer Éclipse, la belle jument noire.

Samir lui tendit une brosse.

– Frotte-la avec. Elle adore ça.

Élisabeth jeta un regard à Mme de Mackau : une Fille de France qui nettoyait un cheval... Était-ce autorisé par l'étiquette, le règlement si sévère que l'on respectait à la Cour ? Sûrement pas. S'occuper des chevaux, c'était le rôle des palefreniers[8], pas celui des princesses !

---

8. Employés chargés de nourrir et de soigner les chevaux.

Mais la sous-gouvernante, penchée sur le dessin d'Angélique, releva un instant les yeux. Elle qui ne semblait pas suivre la conversation lui adressa un sourire d'encouragement en acquiesçant de la tête.

Alors Élisabeth attrapa la brosse et commença à étriller la jument. Tout d'abord, Éclipse recula d'un pas, la peau parcourue de soubresauts nerveux. Puis, sentant la sensation familière sur son dos, elle se laissa faire, sa longue queue battant l'air. Bientôt, elle y prit goût... mais la princesse aussi ! Elle aimait le poil de l'animal sous sa main, sa chaleur, son odeur.

– Comme tu es belle, lui souffla-t-elle au creux de l'oreille.

– Tu vois ? lui dit Samir. Elle adore qu'on s'oc-
cupe d'elle. Maintenant, peigne ses cheveux...

– Sa crinière ?

– Oui.

Quelques minutes plus tard, les longs crins
noirs étaient démêlés. Élisabeth avait bien
envie de lui faire des tresses, comme à sa pou-
pée quand elle était petite !

Mais, il lui fallait s'arrêter... Elle avait un plan
qu'il était temps de mettre à exécution. Elle prit
une inspiration et fit un signe discret à Colin.

Ensuite elle se tourna vers Samir :

– Je sens le cheval. Puis-je entrer dans ta
maison pour me laver les mains ?

Le garçon acquiesça. Avant que la sous-
gouvernante ne réagisse, Colin s'avança :

– Je vous escorte, Madame.

Et ils partirent tous les trois. À peine entrée,
et voyant qu'il n'y avait personne, Élisabeth
demanda :

– Peux-tu me prêter des vêtements de ton pays ? Nous avons à peu près la même taille...

Si Samir parut étonné, cela ne dura guère.

– Bien sûr, Madame Élisabeth, mais pour quoi faire ?

– Une farce, à mon frère ! Colin va les prendre, il te les rendra demain. Mais, chut ! Soyons discrets...

Samir se dirigea vers une malle d'où il sortit un pantalon bouffant, une chemise et un gilet sans manches. Ensuite, il lui donna des chaussures, un petit chapeau rouge et un turban :

– Il s'enroule autour du chapeau, lui expliqua-t-il en lui montrant d'un geste. En Libye, quand il y a une tempête de sable, on en porte un bout comme ça, devant la bouche. Les chaussures, on les appelle des babouches...

Puis, curieuse, elle demanda :

– Comment dit-on « oui » et « non » dans ta langue ? Et aussi « merci » ?

Samir éclata de rire :

– Je vais t'apprendre. Oui se dit « *Na'am* », non « *la* », et merci « *shoukran* ».

– Eh bien, *shoukran* ! lui dit-elle avec une révérence.

Colin attrapa les vêtements qu'il cacha comme il put sous sa veste. Par chance, ni Angélique ni Mme de Mackau ne prirent garde à lui lorsqu'ils revinrent, et il put les dissimuler parmi le matériel de dessin.

Il ne restait plus à Élisabeth qu'à sortir en catimini ce soir-là...

Chapitre 8

– Bonsoir Madame, lança la femme de chambre en soufflant les bougies.

– Bonsoir Marie, répondit Élisabeth.

Elle fit semblant de bâiller à s'en décrocher la mâchoire.

– Je sens que je vais dormir comme un loir ! ajouta-t-elle en riant. À demain !

Elle enfonça la tête dans l'oreiller et vérifia, les yeux mi-clos, que la servante regagnait bien la garde-robe[9].

Marie couchait sur un lit pliant, dans la petite pièce attenante à sa chambre. Élisabeth

---

9. À l'époque, la garde-robe était une pièce où l'on gardait les vêtements, les affaires de toilette, parfois une baignoire, et la « chaise percée », qui servait à faire ses besoins.

ne restait jamais complètement seule. Chaque nuit, quelqu'un dormait non loin d'elle et se levait au moindre appel.

Tout cela était très rassurant, mais aussi bien embêtant! Pas d'intimité, pas de tranquillité...

La porte de la garde-robe se referma. Élisabeth, dans le noir, sentit son cœur s'affoler.

«Colin ne devrait pas tarder...» songeat-elle.

Comme Angélique et Théo étaient contre son projet, elle avait décidé d'agir sans eux.

Par chance, Colin avait pris son parti. Il logeait avec les domestiques. Pour la rejoindre, il devait descendre un petit escalier et passer la porte de service donnant sur le salon. De là, il n'avait plus qu'à pousser celle de sa chambre.

Effectivement, elle entendit un bruit de pas, puis le grincement de la poignée qu'on abaisse.

– Madame ?

Biscuit se mit à grogner... Il sortit de sa luxueuse niche aux rideaux de velours et, rassuré de reconnaître Colin, il vint lui faire la fête.

– Arrête, lui ordonna le valet à voix basse tout en le caressant. Tu vas nous faire repérer.

Élisabeth se dépêcha de se lever. Elle était en chemise de nuit. Colin se trouva d'un coup bien ennuyé. Heureusement que la pièce était sombre, sinon elle l'aurait vu rougir !

– Voici vos vêtements, lui souffla-t-il.

Et il posa sur le lit le costume de Samir. De son côté, Élisabeth n'était pas non plus à son aise de se montrer si peu vêtue.

– Tourne-toi ! lui demanda-t-elle.

– Tout de suite, Madame.

Tandis qu'il regardait ailleurs, elle attrapa le pantalon bouffant, la chemise blanche et le boléro qu'elle enfila en hâte. Ensuite, elle remonta habilement ses cheveux. Quelques secondes plus tard, elle avait réussi à nouer, autour du chapeau rouge, le turban dont elle laissa un morceau devant son visage, afin de le cacher. Ainsi, seuls ses yeux étaient visibles.

Le souffle court, elle appela le valet :

– Je suis prête ! À toi, à présent.

Dans l'ombre, Colin aperçut le double parfait de Samir.

– Alors ça, c'est fort !

– Tais-toi ! Mets vite ma coiffe de nuit et couche-toi à ma place. Je vais jusqu'au bal et je reviens...

Colin obéit. Avec ce bonnet de fille bordé de dentelle, qui lui tombait sur le nez, il se sentait parfaitement ridicule. Il se roula en boule dans le lit, remonta la couverture au-dessus de ses oreilles et pria pour que la princesse n'ait pas d'ennuis...

Élisabeth ouvrit la fenêtre. Puis, à pas de loup, elle se glissa sur la terrasse. Là, elle grimpa sur le pot d'un oranger. En moins de temps qu'il n'en faut pour le dire, elle avait sauté la barrière !

– En route !

Les jambes un peu tremblantes, elle courut jusqu'à la « comédie[10] » qui servait ce soir de salle de bal. Par chance, elle se trouvait au rez-de-chaussée, non loin de ses appartements.

---

10. Salle de théâtre construite en 1682 entre l'aile du Midi et le château, sur la cour des Princes. Elle mesurait environ 20 mètres sur 8 et pouvait accueillir 360 personnes.

Comme cette salle était petite, on l'agrandissait grâce à d'ingénieux chalets en bois installés dans une cour intérieure. L'endroit était agréable, en particulier par beau temps, car les danseurs pouvaient sortir et respirer l'air frais.

Le cœur d'Élisabeth se mit à battre la chamade. Elle y était presque ! Elle entendait de la musique et des rires et apercevait, par la large porte ouverte, la pièce illuminée de centaines de bougies. Dieu, que la fête était belle ! La plupart des invités portaient des tenues magnifiques, et tous étaient masqués !

Elle reconnut sans peine sa sœur Clotilde et son frère Charles-Philippe qui dansaient ensemble le menuet. Clotilde avait revêtu un costume de Romaine et leur frère s'était déguisé en chevalier du Moyen Âge.

Un peu plus loin, une élégante jeune femme blonde riait au milieu d'un groupe... Marie-

Antoinette ! Ce ne pouvait être qu'elle ! Elle était ravissante en Bohémienne.

Et puis, tout au fond, il y avait aussi l'ambassadeur de Libye et le gendre du pacha, assis sur des fauteuils. Leur interprète se tenait debout entre eux, et tous trois semblaient s'ennuyer ferme ! Ils n'étaient pas costumés et ne devaient guère apprécier ce genre de distraction, si éloignée de celles de leur pays.

– Où est mon frère ? s'inquiéta-t-elle.

Elle ne le voyait nulle part... Louis-Auguste n'aimait pas danser. Il fuyait les bals. Elle inspira profondément et se lança :

– Allons-y !

Elle s'avança et passa avec aplomb entre les deux valets qui gardaient l'entrée. Elle mourait de peur ! Par chance, aucun des deux n'osa lui demander qui elle était.

À peine entrée, elle se glissa prudemment dans un coin pour observer les lieux.

L'endroit était pourvu de loges, comme dans les théâtres, et d'une scène surélevée de quelques marches. Par une porte, sur le côté, elle distinguait plusieurs autres pièces en enfilade. Dans l'une d'elles était installé un buffet où l'on pouvait boire et manger. Dans une autre, des courtisans jouaient aux cartes... Où diable se trouvait Louis-Auguste ?

– Samir ? lança une voix étonnée.

Élisabeth manqua s'évanouir ! Elle se retint au mur et se tourna vers celui qui lui parlait.

– Théo ?

Elle se sentait tout à la fois soulagée et affolée. Théo ignorait tout de son plan. Que faisait-il au bal ?

Puis elle se rappela : les pages servaient les dames. Ils leur apportaient des boissons et, la soirée terminée, ils les raccompagnaient jusqu'à leur voiture.

Théo fronça les sourcils. Il ne devait pas reconnaître la voix de Samir. Avant qu'il n'alerte les gardes, Élisabeth se dépêcha d'ôter le bout de son turban, pour lui montrer son visage.

– Vous ! s'écria-t-il. Mais...

– Chut ! Vous allez me faire prendre ! Je dois voir mon frère le roi, tout de suite.

Comme il restait bouche bée, elle l'attrapa par le bras pour le secouer.

– Eh bien, où est-il ?

– Mais, Mad...

– Chut ! le coupa-t-elle.

– Il n'est pas là, souffla Théo. D'ordinaire, il arrive vers neuf heures et ne reste que peu de temps. Il s'ennuie.

N'y tenant plus, il la disputa :

– Êtes-vous folle ? Et si on vous reconnaissait ?

– Arrêtez de me faire la morale ! Quelle heure est-il ?

– Neuf heures passées. Je pense que le roi ne viendra plus.

Élisabeth en aurait pleuré de déception ! Tous ces risques qu'elle avait pris, pour rien !

Elle allait repartir, lorsqu'elle entendit Marie-Antoinette qui riait à gorge déployée.

– Et si je lui parlais ? C'est bien la reine, n'est-ce pas ?

– Oui, c'est elle. Elle ne cherche pas à se cacher. À vrai dire, elle est si belle que tout le monde la repère rapidement, quel que soit son déguisement.

Élisabeth se dirigeait vers sa belle-sœur, lorsqu'une grande silhouette se présenta à la porte. Louis-Auguste ! Et il était seul ! Quelle chance !

Il portait un costume d'époque Henri IV et un masque de velours. Cependant, elle l'aurait reconnu entre mille. Le pauvre avait l'air bien embarrassé, lui qui détestait tant les mondanités !

Avant qu'il ne rejoigne ses invités, elle l'intercepta :

– Louis-Auguste ! Il faut que je vous parle.

Le jeune roi sursauta ! Qui était ce courtisan déguisé en Oriental qui se permettait de s'adresser à lui si familièrement ?

Elle lui montra son visage et insista :

– Je vous en supplie, mon frère, c'est important.

– Babet ? Mais… ne devriez-vous pas être au lit, dans vos appartements ?

Elle l'agrippa par le bras et le tira jusque dans la cour intérieure.

– Mon frère ! Je suis bien aise de vous voir.

Et elle lui raconta tout. Le roi, d'ordinaire si calme, s'énerva :

– Maudite Mme de Marsan ! Elle vous a fait peur ! Lorsque nous lui avons appris la nouvelle, nous lui avons pourtant recommandé de tenir sa langue.

– Louis-Auguste, je ne veux pas me marier !

Il resta silencieux quelques instants. Puis il finit par répondre, d'un ton mal assuré :

– Je comprends, ma Babet. Mais, vous aussi, comprenez... Nous ne sommes pas une famille ordinaire. Croyez-vous que je sois heureux d'être roi ? Point du tout. Je déteste cela. Cependant, Dieu m'a placé à ce poste, et je ne peux le refuser. Vous-même, vous devez agir dans l'intérêt de la France.

Élisabeth serra les poings. Ce que lui disait Louis-Auguste, elle l'avait entendu tant de fois ! Malgré tout, elle tenta encore :

– Je sais que la politique vous oblige à conclure des alliances avec des pays étrangers, mais je suis trop jeune ! Ne pouvez-vous me laisser un peu de temps ? Quelques années de plus ?

Louis-Auguste soupira dans la pénombre.

– Je vais y réfléchir, ma Babet, répondit-il. Moi non plus, je n'ai pas envie de vous voir partir. À présent, rentrez vite à votre chambre. Ne craignez rien, je n'en parlerai à personne.

Chapitre 9

– Je vais vous raccompagner, proposa Théo quelques instants plus tard.

– Inutile, lui dit Élisabeth d'un ton empli de déception. Je vais juste à côté, au bout du bâtiment. Bonsoir.

– Bonsoir. Je passerai vous voir demain, après l'école...

Élisabeth franchit la porte, tête basse, et sortit dans les jardins. Elle avait envie de pleurer !

Mais, deux hommes arrivaient vers elle... Leurs costumes... C'était des gardes libyens !

Ils l'empoignèrent. Seigneur! Ils lui parlaient en arabe... et ils semblaient sacrément en colère! Sans doute la prenaient-ils pour Samir. Et Samir n'avait pas à traîner, la nuit, près du château. L'un d'eux la secoua. Il lui posa une question... Que devait-elle répondre?

– *Salam aleykoum!* tenta-t-elle.

L'autre lui donna une grande claque dans le dos pour la faire avancer. Et voilà qu'il lui parlait à nouveau...

– *Na'am!* lui répondit-elle.

Mais, le soldat paraissait furieux. Flûte! Ce ne devait pas être la bonne réponse. Dire qu'elle ne connaissait que quatre mots d'arabe! Alors elle essaya:

– *La...*

Le garde sembla se calmer. Cependant, il ne la lâcha pas pour autant, et la poussa vers le Grand Canal, en direction de la Ménagerie.

Élisabeth avait les jambes qui flageolaient, tant elle avait peur. Devait-elle dévoiler son identité ? Si les deux hommes voyaient qu'elle était une fille, que feraient-ils ? La laisseraient-ils partir ou, au contraire, la livreraient-ils aux gardes du château ?

Elle imagina aussitôt le scandale... La princesse Élisabeth de France, déguisée en garçon, qui avait fait le mur pour se promener toute seule la nuit ! Les courtisans, si méchants, surnommaient déjà sa sœur Clotilde « Gros Madame » à cause de son embonpoint. Et elle, comment l'appellerait-on demain ? Élisabeth-la-dévergondée ?

Quant à Samir, que lui ferait-on ? Il lui avait prêté ses vêtements. Cela risquait de provoquer un incident diplomatique entre la France et la Libye... Aïe aïe aïe !

« Et s'ils m'enlevaient ? s'inquiéta-t-elle ensuite. Les Libyens ne sont-ils pas connus pour être des pirates, des marchands d'esclaves ? Non, tenta-t-elle de se rassurer, je suis la sœur du roi, tout de même ! »

Angélique et Théo avaient raison, jamais elle n'aurait dû se lancer dans une aventure aussi stupide ! Elle regarda autour d'elle, cherchant un endroit pour fuir.

« Ici ! » pensa-t-elle en arrivant au bord du canal. Et elle se mit à courir pour leur fausser compagnie. Par chance, elle courait plutôt vite, et elle connaissait bien les lieux. Malheureusement, à peine s'était-elle éloignée de dix pas qu'une poigne de fer lui broya l'épaule.

Le soldat l'avait rattrapée ! Il la bouscula, la propulsa en avant et lui flanqua un bon coup de pied aux fesses ! Elle en cria de douleur !

Dire que la rigide étiquette interdisait que l'on pose un doigt sur une Fille de France ! Dire que, voilà encore un an, Élisabeth s'indignait que Mme de Mackau la prenne par le bras !

Elle allait se révolter, mais se reprit à temps. « Non », songea-t-elle, il ne fallait pas qu'elle se dévoile. Une fois arrivée à la maison de Samir, elle imaginerait une ruse pour se cacher et rentrer au château.

Le trajet lui parut bien long jusqu'à la Ménagerie ! Jamais, elle ne l'avait trouvé si long ! À plusieurs reprises, les hommes lui avaient parlé. Comme elle ne répondait pas, ils s'étaient énervés, pensant sans doute que « Samir » se moquait d'eux.

Ils franchirent le portail. Au loin, elle entendait les cris étranges des animaux...

La peur montait en elle, plus affreuse que jamais! Qu'allait-il se passer? La livreraient-ils à Rafik, le père de Samir?

«Je suis perdue!» songea-t-elle.

Pendant un instant, elle se prit à espérer que le fantôme des lieux vienne la secourir. Juliette de Villebois, la cousine de Théo, lui avait affirmé que la Ménagerie était hantée. On y voyait des ombres... Les robinets d'eau s'ouvraient tout seuls pour arroser les visiteurs... Et puis, se rappela-t-elle, cet hiver, une espèce d'étincelle mystérieuse l'avait conduite au fond d'une grange, où elle avait trouvé un traîneau doré[11]...

– Fantôme, gentil fantôme, souffla-t-elle comme dans une prière, aide-moi!

Naturellement, rien ne se passa. Tout en marchant, elle reprit, martelant les mots à chaque pas:

– Fantôme, par pitié, aide-moi! Dès qu'ils m'auront enlevé ce turban, ils sauront qui je

---

11. Voir le tome 5, *Le Traîneau doré*.

suis. Il y aura un scandale. Mon frère ne voudra plus de moi ! Je serai fouettée et enfermée jusqu'à la fin de mes jours, au pain sec et à l'eau !

Une fois encore, l'homme la poussa violemment. Élisabeth en cria de douleur !

Elle commença à pleurer. Comment pouvait-elle espérer qu'un fantôme la secoure ? Les fantômes n'existaient pas !

La porte de la maison de Samir était en vue. Elle se mit à trembler.

– Aïe ! rugit l'un des deux soldats.

Élisabeth le vit se débattre, les mains en l'air, comme attaqué par un ennemi invisible ! Voilà qu'il hurlait en arabe ! Le second se précipita. Un combat s'engagea ! Quelques instants plus tard, une espèce d'ombre noire rampante s'enfuyait dans l'herbe... Elle emportait le turban du garde !

Élisabeth en fut si surprise qu'elle manqua crier. Était-ce le fantôme ? « Non, se rappela-t-elle, il s'agit plutôt de ce petit singe qui avait agressé Colin[12].» On l'avait surnommé Filou, et il adorait chaparder.

Voilà que les deux gardes couraient aux trousses du voleur! Hélas, leurs hurlements avaient alerté les Libyens. Plusieurs sortaient du bâtiment, cherchant à savoir ce qu'il se passait.

C'était le moment de fuir! Il fallait qu'elle prenne ses jambes à son cou! Elle se tourna en tous sens, désorientée...

12. Voir le tome 4, *Bal à la Cour*.

Chapitre 10

– Madame Élisabeth ? dit une voix étonnée. Que fais-tu là ?

Samir l'avait rejointe.

– La farce n'a pas marché ? lui demanda-t-il ensuite.

– Non ! Chut ! Je dois rentrer au plus vite au château, sans quoi j'aurai de gros ennuis !

Il avait compris. Il l'attrapa par le bras et l'entraîna vers le pré.

– Viens, lui souffla-t-il, je vais te raccompagner.

Par chance, tous étaient à la poursuite du démon voleur de turban et personne ne prit garde à eux.

Samir siffla... Aussitôt, les chevaux s'approchèrent. Il ne perdit pas de temps. Il s'accrocha à la crinière d'Éclipse et, d'un bond, il sauta sur son dos.

Ensuite il tendit sa main à Élisabeth.

– Mais, s'inquiéta-t-elle, je ne sais pas monter à califourchon. C'est interdit aux filles ! Et puis, Éclipse n'a pas de selle, nous allons nous rompre le cou !

– Tu préfères être ramenée par les soldats ?

– Ah çà, non !

– Alors, dépêche-toi !

Élisabeth commença par grimper sur la clôture de bois. Avec l'aide de Samir, elle enfourcha Éclipse et se cramponna au garçon. Elle était bonne écuyère, et lui excellent cavalier, ils y arriveraient !

Il frappa des talons les flancs de la jument qui partit au galop. Élisabeth plissa les yeux : Samir voulait-il sauter la barrière ?

– Tu es fou ! s'écria-t-elle.

– Non, Éclipse peut le faire !

Élisabeth se sentit s'envoler, puis atterrir violemment. Ils avaient réussi !

Ensuite, tout alla très vite. Ils galopèrent à perdre haleine dans les jardins du château. Quelques minutes plus tard, ils s'arrêtaient devant la terrasse d'Élisabeth. Il attrapa sa main et l'aida à descendre.

– Va-t'en ! lui demanda-t-elle. Sinon, on te remarquera ! Merci, tu m'as sauvée !

– C'est Éclipse qui t'a sauvée, lança-t-il en riant. Je te l'avais bien dit, elle vole comme le vent !

– Fais attention, Samir ! Comme je portais tes vêtements, les gardes de l'ambassadeur m'ont prise pour toi. Ils m'ont ramenée de force à la Ménagerie et vont sans doute en parler à ton père...

Mais, le garçon haussa les épaules :

– Il ne les croira pas. J'étais avec lui à la maison...

Et, sans attendre, il fit demi-tour et s'éloigna dans le clair de lune.

Élisabeth se hâta de franchir la barrière en fer. La fenêtre était toujours entrouverte. Elle se glissa à l'intérieur de sa chambre.

Biscuit, réveillé en sursaut, commença à aboyer !

– Tais-toi ! lui ordonna tout bas sa maîtresse d'une voix angoissée. Vite, chuchota-t-elle ensuite à Colin. Marie va sûrement venir, il faut que je me mette au lit !

Colin se leva en bougonnant :

– Dites donc, vous avez pris votre temps ! J'étais inquiet, moi. J'ai cru qu'il vous était arrivé quelque chose...

– Mon pauvre, si tu savais ce qu'il m'est arrivé... Tourne-toi !

Dans la pénombre, elle se dépêcha d'ôter ses vêtements et de passer sa chemise de nuit.

– Le roi vous a écoutée ? s'inquiéta-t-il tout en enlevant sa coiffe.

Elle l'attrapa et l'enfonça sur ses cheveux.

– Je crois que c'est raté, avoua-t-elle.

Puis elle tendit l'oreille : Marie bougeait dans la garde-robe ! Dans un instant, elle serait là !

– Vite, vite ! répéta-t-elle.

Élisabeth réunit comme elle put les vêtements, qu'elle colla dans les bras de Colin.

– Cache-toi !

Puis elle se coucha et rabattit les couvertures sur son nez.

Le valet n'eut que le temps de se glisser sous le lit avant que la servante n'arrive.

– Madame ? murmura Marie. Allez-vous bien ?

Dans le silence de la pièce, on n'entendait plus que le tic-tac de l'horloge... Élisabeth ne répondit pas, et fit semblant de dormir. La domestique repartait sur la pointe des pieds lorsqu'elle buta contre quelque chose...

Elle se pencha et ramassa ce qui ressemblait à une drôle de chaussure plate à bout pointu.

– Mince, mince, mince ! pesta tout bas Élisabeth.

Mais par chance, Marie la reposa au sol. Elle caressa le chien et le disputa gentiment :

– Où as-tu trouvé cette chose ? Vilain Biscuit, retourne dans ta niche. Ce n'est pas l'heure de jouer. Tu vas réveiller ta maîtresse.

Et elle regagna son lit pliant dans la garde-robe.

Colin n'attendit pas une seconde de plus. Il récupéra les babouches et, les vêtements dans les bras, il fila jusqu'à la porte du salon, pour remonter dans sa chambre.

Élisabeth soupira de soulagement ! Dieu, quelle aventure ! À présent, Samir devait être rentré.

– Pourvu qu'il n'ait pas été surpris...

Elle était sauve, grâce à lui !

Autant dire qu'elle ne dormit pas beaucoup cette nuit-là !

Chapitre 11

Le lendemain matin, Mme de Mackau et Angélique arrivèrent de bonne humeur :

– Savez-vous que cet après-midi, lui apprit la femme, les Libyens offriront leurs animaux à votre frère le roi ? Ils les lui présenteront au bord du Grand Canal. Toute la famille royale sera présente, ainsi que la Cour.

– Moi aussi ? s'étonna Élisabeth. Qu'aurai-je à faire ?

D'ordinaire, elle n'avait que peu d'obligations officielles. Une fois, on lui avait demandé d'inaugurer une exposition de peinture avec

Clotilde. Une autre fois, elle avait distribué des cadeaux aux fillettes d'un pensionnat de Paris.

– Rien, répondit la sous-gouvernante. Les ouvriers du château sont en train de construire une estrade sur laquelle Leurs Majestés s'assiéront. Vos frères, sœur et belles-sœurs ainsi que vous prendrez place autour d'eux. Mme de Marsan a choisi pour vous une robe digne et stricte. Vous la passerez et resterez debout, mains croisées.

– Parfait ! Ce n'est pas compliqué.

– Ensuite, reprit la femme, les Libyens feront défiler les animaux. Le tout sera suivi d'une collation dans les jardins.

À la récréation, Angélique n'en crut pas ses oreilles lorsque Élisabeth lui fit le récit de son expédition nocturne !

– Tout s'est très bien déroulé ! terminat-elle en fanfaronnant. J'ai parlé à mon frère, il a dit qu'il allait réfléchir.

Bien sûr, elle ne raconta pas comment elle avait été enlevée par les gardes de l'ambassadeur ni comment Samir l'avait sortie de la Ménagerie en sautant la barrière avec Éclipse... Angélique était son amie, mais elle aurait sans doute tout répété à sa mère.

Juste après le repas de midi, elle revêtit une robe rose et blanche et les servantes la coiffèrent d'un chignon bouclé.

– En route ! lança Mme de Mackau.

Ils arrivèrent en avance et trouvèrent la reine se promenant dans les jardins. Marie-Antoinette prit le bras d'Élisabeth et lui proposa de faire quelques pas. Aussitôt, Mme de Mackau ordonna à Angélique et à Colin de les laisser seules.

Élisabeth avait bien compris que Marie-Antoinette souhaitait lui parler. Louis-Auguste avait-il rendu sa réponse ?

– Va-t-on me marier à l'infant du Portugal ? demanda-t-elle sans détour.

La jolie blonde baissa vers elle des yeux bleus scandalisés :

– Votre frère m'a dit que Mme de Marsan vous avait tout raconté ! Je suis furieuse ! Le roi le lui avait pourtant interdit !

– Pourquoi ?

– Pour ne pas vous inquiéter. Nous savons combien vous êtes sensible. Dieu, que je déteste cette femme ! Elle a le cœur si sec. Elle va m'entendre !

Puis, remarquant qu'Élisabeth restait silencieuse, elle lui prit la main et poursuivit avec gentillesse :

– Se marier pour une princesse est difficile, mais c'est son devoir... J'ai épousé Louis-Auguste, j'avais 14 ans. Quel choc de laisser derrière moi mon pays, ma famille, et même mon chien !

Élisabeth ferma les yeux, horrifiée : devrait-elle aussi abandonner Biscuit ?

– Je ne veux pas me marier !

Marie-Antoinette soupira :

– Plus on part jeune et moins c'est pénible. Ainsi, vous apprendrez la langue et les coutumes de votre nouveau pays plus facilement.

– Mais, je ne connais pas mon fiancé !

– J'ai vu son portrait. Il est plutôt beau garçon, grand, blond-roux aux yeux clairs. Vous lui plairez, vous êtes mignonne à croquer !

Mais, Élisabeth s'obstinait à regarder le sol, guère convaincue... Voulant la tranquilliser, la reine lui glissa :

– Le roi a promis de réfléchir, et il le fera. Il s'est donné deux mois pour rendre sa réponse au roi du Portugal. C'est que, ce n'est pas une mince affaire ! Les services diplomatiques étudient la question. Le Portugal est l'allié de l'Angleterre, qui est notre ennemie. Si ce

mariage se faisait, le Portugal pourrait devenir notre allié contre l'Angleterre... Enfin, dit
en riant Marie-Antoinette, c'est ce que j'ai cru
comprendre !

Élisabeth soupira. Elle se moquait bien
de toutes ces explications politiques ! Deux
mois ! Deux mois d'angoisse, à attendre, jour
après jour...

– Souriez, ma chérie ! s'écria Marie-Antoinette. Je déteste vous voir triste. Je dirai à votre
frère combien ce mariage vous angoisse. Tenez,
pour vous faire oublier cette contrariété, je vais
vous offrir un cadeau... Qu'aimeriez-vous ? Un
collier ? Une calèche ? Un cheval ?

– Un cheval ? s'étonna Élisabeth. J'ai déjà
Framboise...

– Elle n'est pas vraiment à vous, elle appartient aux Écuries royales. Alors ? Un cheval,
pour vous seule, cela vous amuserait ?

– Bien sûr !

Elle réfléchit à peine avant d'avouer :

– Il y en a un qui me plairait beaucoup, une jument que les Libyens vont offrir à Louis-Auguste. Elle s'appelle Éclipse.

Marie-Antoinette la prit gentiment par les épaules :

– Eh bien, considérez qu'elle est à vous ! J'en fais mon affaire. À présent, Babet, venez. Je vois qu'on nous attend.

Quelques minutes plus tard, les princes et princesses entouraient le roi et la reine.

Sidi Abderrahman Bediri Aga vint saluer Leurs Majestés. Après quoi il se lança dans un long discours que l'interprète traduisit dans un style où la poésie se mêlait à la courtoisie.

Élisabeth resta consciencieusement debout, les mains croisées et pourtant, Dieu que c'était ennuyeux ! Enfin, un des gardes sonna la trompette, et le spectacle débuta.

Devant l'estrade défilaient les animaux ramenés depuis l'autre côté de la Méditerranée. Les Libyens avaient organisé les choses en grand ! Ils commencèrent par faire avancer les dromadaires dont les selles et les rênes étaient cousues de broderies de soie et de fils d'or.

Puis les Français admirèrent des cages sur des chariots, contenant des lions et des panthères. Les barreaux étaient dorés, et le bois incrusté de pierres précieuses !

Si la famille royale ne devait montrer aucune émotion, les courtisans ne se privèrent pas de pousser des « oh ! » et des « ah ! » admiratifs.

Les moutons de Barbarie suivaient. On les avait peignés et poudrés d'or, l'effet était incroyable... Et pour finir, passèrent les plus magnifiques chevaux que l'on ait vus. Des soigneurs richement vêtus les menaient en courant. Ils les tenaient par des brides décorées d'or et d'argent. Le poil des bêtes brillait, elles trottaient, merveilleuses de grâce, la tête et la queue haute ! La foule ne put retenir des cris et des applaudissements !

Élisabeth sentit son cœur s'emballer !

Dire que la plus belle, celle qui attirait tous les regards, la superbe Éclipse, lui appartiendrait bientôt ! Elle n'en revenait pas ! Elle aurait tant voulu l'apprendre à Samir, pour le rassurer. Sa jument n'irait pas dans un haras.

« Samir ne participe pas au défilé ! réalisa-t-elle. Pourvu qu'il ne soit pas puni à cause de moi ! »

Chapitre 12

Le jour suivant, Élisabeth eut l'autorisation de se promener à cheval. Avec Angélique, elle se rendit en calèche à la Grande Écurie, où Théo de Villebois les attendait.

Comme elles étaient seules sans la sous-gouvernante, il osa demander :

– Madame, votre frère a-t-il pris sa décision ?

Élisabeth secoua la tête.

– Non, pas encore. Il rendra sa réponse dans deux mois. C'est aussi bien, car cela me laissera le temps de le convaincre. Je n'ai pas dit mon dernier mot !

Puis, se tournant dans tous les sens, les yeux brillants, elle lança :

– Éclipse, où est-elle ?

Le page se mit à rire.

– Sa Majesté a donné des ordres afin qu'elle ne serve qu'à vous. Voulez-vous la voir ?

– Bien sûr !

Elle le suivit jusqu'à une stalle, où la jument noire était attachée.

– On lui donne la meilleure avoine, expliqua Théo. Pour le moment, elle est encore un peu nerveuse... Mais, cela lui passera.

La princesse la flatta doucement. Ses yeux noirs si vifs la reconnurent, ses jolies oreilles se dressèrent en entendant sa voix :

– *Salam,* ma belle, lui murmura Élisabeth. C'est bien, tu ne t'écartes plus lorsque j'avance la main.

La jeune fille rayonnait de bonheur ! Cette magnifique bête était à elle, à elle seule !

Jamais elle n'aurait pu rêver recevoir pareil présent !

Elle caressa les naseaux d'Éclipse, attrapa une brosse et commença à l'étriller. Elle savait combien la jument aimait cela.

Aussitôt, un palefrenier intervint :

– Ce n'est point à vous de faire cette corvée, Madame !

Éclipse hennit et tapa du sabot. Elle devait en avoir assez d'être enfermée ! Pauvre Éclipse qui adorait galoper dans les grands espaces !

En un instant, Élisabeth revit Samir, fier, la chevaucher, ses mains accrochées à sa crinière...

– Voulez-vous qu'on la selle ? demanda Théo.

Élisabeth, les yeux fermés, frotta sa joue contre la crinière du cheval. À la surprise générale, elle déclara :

– Non ! Où est Framboise ?

– Framboise ? s'étonna-t-il. Mais... tout au bout de cette allée.

Elle s'y rendit d'un pas décidé. Framboise était sa chère compagne, l'amie fidèle de son enfance. Élisabeth la connaissait par cœur : son odeur, la couleur de sa crinière brun foncé, jusqu'à la petite cicatrice qu'elle avait entre les deux yeux. Son poil marron était chaud sous ses doigts. Elle alla passer ses bras autour de son cou et l'embrassa.

– Ma vieille Framboise ! Je suis sûre que tu aimerais te promener avec moi.

La bête tourna la tête vers elle et hennit de joie.

– Théo ! Faites-la seller, voulez-vous ? Il faudrait aussi une monture pour Angélique. Vous nous escorterez, n'est-ce pas ?

– Bien sûr ! Pourquoi ne montez-vous pas votre nouvelle jument ?

– Mais, répondit la princesse d'un ton mystérieux, elle vient avec nous !

Une fois les chevaux prêts, Théo aida les jeunes filles à se mettre en selle. Aujourd'hui, Élisabeth portait un costume d'amazone élégant avec un petit chapeau assorti. Il n'était plus question, comme une certaine nuit, qu'elle monte à califourchon !

Ses deux amis furent bien surpris lorsqu'elle s'arrêta devant la stalle d'Éclipse :

– Détachez-la, demanda-t-elle au palefrenier. Ce qu'elle aime plus que tout, c'est de courir comme le vent. Théo ? Voulez-vous la tirer derrière vous ? J'aimerais aller jusqu'à la Ménagerie.

Samir l'accueillit :
– *Salam aleykoum !* Vas-tu bien ?

Il regarda Angélique et Théo, hésitant à parler.

– *Aleykoum salam !* répondit-elle Je vais très bien ! Et toi ?

Le garçon haussa les épaules d'un air insouciant.

– Figure-toi que des gardes ont raconté à mon père qu'ils m'avaient trouvé près du château, la nuit...

Élisabeth blêmit ! Mais Samir reprit :

– Mon père les a traités de menteurs, et il a juré que j'avais passé la soirée avec lui. En plus, ils disent avoir été attaqués par un... monstre ! Tout le monde s'est moqué d'eux !

Élisabeth éclata de rire.

– Alors, tu n'as pas eu d'ennuis ? demanda-t-elle, rassurée.

– Si ! Lorsque les gardes ont crié, nous sommes sortis de notre maison. Mon père a vu un cheval sauter la barrière... Comme il faisait noir, il n'a pas reconnu le cavalier. Mais, il a vite compris que c'était moi qui... partais me promener. En pleine nuit, c'est interdit. Alors, j'ai quand même été puni.

Il se mit à rire et ajouta, énigmatique :

– Mais cela... euh... valait le coup... C'est comme cela qu'on dit ?

– Oui ! approuva Élisabeth en riant avec lui.

Théo et Angélique se regardèrent, n'y comprenant rien. Élisabeth, avant qu'ils ne posent des questions, se tourna vers le page :

– Pouvez-vous m'aider à descendre ?

Pendant qu'elle mettait pied à terre, Samir ne résista pas au plaisir de caresser Éclipse.

– Le roi et la reine me l'ont donnée, lui apprit-elle. Elle est à moi !

Samir cacha son visage dans la crinière de la jument. Il baissa les yeux et répondit :

– J'en suis heureux. Avec toi, elle sera bien.

– En fait, reprit Élisabeth, je me suis rappelé ce que tu m'as raconté le jour où nous nous sommes rencontrés : « On apprend à se connaître et puis après, on ne peut plus se quitter. L'amitié, c'est comme ça. »

Le pauvre Samir grimaça.

– Tu me l'as amenée pour que je lui dise au revoir ? Je te remercie. Me laisseras-tu monter sur son dos une dernière fois ?

Élisabeth détacha la bride de l'animal, que Théo avait fixée au pommeau de sa selle. Elle la tendit à Samir :

– Tant que tu veux ! Tous les deux, vous êtes des amis ! Je sais que, dans quelques semaines, tu vas partir et retourner dans ton pays… Je serai triste de ne plus te voir…

– Moi aussi, reconnut le garçon. Je vous aime bien, tous les quatre.

Puis, ses doigts peignant la crinière de la jument, il demanda, les yeux emplis de larmes :

– Tu prendras soin d'elle, n'est-ce pas ? Tu le jures ?

– Non ! répondit brusquement Élisabeth.

La réponse était si incroyable que tous la regardèrent d'un air effaré. Elle n'était pas peu fière ! Elle avait réussi à les surprendre.

– Non, répéta-t-elle plus doucement. Parce que je te la donne. Elle a besoin de galoper souvent. Avec moi, elle serait malheureuse. Et puis, dit-elle en riant, j'ai déjà un cheval. Quel genre de personne serais-je si j'abandonnais ma vieille Framboise ?

Pour Samir, ce fut trop d'émotion. Il se dépêcha de cacher ses larmes en sautant sur le dos de la jument. Se tournant un instant vers Élisabeth, il cria :

– Merci ! Je ne t'oublierai jamais !

Et il partit au grand galop !

La visite des Libyens à Versailles

Au XVIIIe siècle, la Libye était dirigée par le pacha Ali Karamanli. Son pays vivait du commerce, mais aussi des attaques de navires en Méditerranée, et de la vente d'esclaves.

Excédé de voir ses bateaux attaqués par les pirates, Louis XV bloqua Tripoli, l'un des plus grands ports de Lybie. Le pacha accepta un traité de paix : tant que les Libyens épargneraient leurs navires, les Français ne menaceraient plus Tripoli.

Un an après la mort de Louis XV, le pacha envoya à Louis XVI des émissaires afin de renouveler ce traité. Ils arrivèrent avec des cadeaux très encombrants ! Des lions, des panthères, des dromadaires, mais aussi de magnifiques chevaux arabes... les plus beaux que l'on ait jamais vus !

Ils débarquèrent à Toulon le 9 avril 1775. Quelle aventure pour ces hommes qui ne connaissaient pas l'Europe ! Après avoir traversé la mer, ils traversèrent la France. La longue caravane de chariots et de chevaux gagna lentement Versailles. Enfin, le 27 mai, ils étaient arrivés !

Élisabeth et Clotilde, qui les rencontrèrent, furent très étonnées par leur apparence. L'ambassadeur Sidi Abderrahman Bediri Aga lut un long discours plein, dit-on, de poésie orientale. Puis la Cour admira les animaux présentés dans des cages dorées, lors d'un défilé dans les jardins de Versailles.

Ces présents furent très appréciés, et les étrangers firent grande impression, au point que Louis XVI les invita à son sacre.

Le nouveau traité de paix signé, les Libyens quittèrent Versailles pour regagner leur pays.

Élisabeth
princesse à Versailles

Nous sommes en 1774, Élisabeth a 11 ans et c'est la petite sœur de Louis XVI. Orpheline de bonne heure et benjamine de la fratrie, Élisabeth est la « chouchoute » de la famille et elle sait en jouer. Avec sa grande amie Angélique de Mackau, elle va être amenée à résoudre bien des intrigues à la Cour de Versailles.

Élisabeth et Angélique mènent l'enquête à la Cour de Versailles pour résoudre le vol d'un précieux tableau.

L'heure est grave, Colin, le jeune valet d'Élisabeth, est accusé de vol. Comment prouver son innocence ?

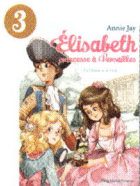

3 L'enquête continue pour Élisabeth. Parviendra-t-elle à retrouver le tableau disparu? Mais attention, Maurice rôde...

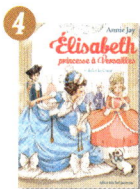

4 Alors qu'à Versailles tout le monde se prépare pour le grand bal, Biscuit, le petit chien d'Élisabeth, disparaît mystérieusement...

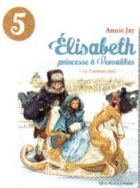

5 Il neige à Versailles! Élisabeth ne s'est jamais autant amusée. Mais qu'est devenu le frère de Margot, la petite orpheline?

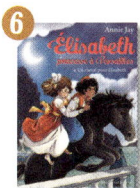

6 Des visiteurs à Versailles! Élisabeth réussira-t-elle à apprivoiser Éclipse, la jument offerte par l'ambassadeur de Libye?

Lis très vite les nouvelles aventures d'Élisabeth!

Tome 7 à paraître en mai 2017.

Conception graphique : Delphine Guéchot

Imprimé en France par Pollina S.A en novembre 2016 - L78575
Dépôt légal : janvier 2017
Numéro d'édition : 22296/01
ISBN : 978-2-226-32847-2